그때, 그대

소중하지 않은 적 없었다

한나

김수진

당신과 나, 우리들의

사랑 연대기

오늘 밤 꿈을 꾸고

내일의 꿈을 쓰며

정유리

우리 그리하여 삶은 눈부셔~,

조두영

無 ＭＯ

도착하지 않은 기억은
찬란하게 쌓였다

시, 흐르다 054

강병욱
김은진
정유리
소우주
무노

강병욱

용기가 부족해서
하고 싶은 말을 글에 담았습니다

욕심이 많아서
나보다 당신이 행복했으면 좋겠습니다

instagram   @will_bing_ok

『소중한 그대, 소중한 그때』

김은진

10년이 넘게 과정이 아닌 결과만을 좇아,
글에서 감정이 용서되지 않는
과학자의 글만 쓰던 사람이었습니다.

태어나 처음으로,
차가운 이성 대신, 뜨거운 심장의 소리에 귀 기울이며
지나간 사랑 속에 숨겨진 내 안의 나를 찾아가는 여행을
당신과 함께 걸어갑니다.

instagram   @get_my_happy
email   loachlove@naver.com

『사랑한다 너를, 내가 짊어진 사랑이라는 무게만큼』

정유리

타닥타닥 타오르는 장작불을
멍하니 바라보며 감정을 피워내듯

타닥타닥 손끝에서 흐르는 감정을
멍하니 바라보며 나를 찾아갑니다.

『나 오늘 참 예쁘다』

소우주

보이는 것들로 가득 채워지고 흘러넘치는
오른쪽 바깥세상 여행이
성취를 향한 고단함과 희락(喜樂)을 안내하고
보여지지 않는 것들 속 왼쪽 안으로의 여행이
오늘 내 시간을 이롭게 합니다.

꼭 해야만 하는 것과 꼭 가야만 하는 곳을
꼭 해보고 싶은 것과 꼭 가보고 싶은 곳을
오늘 끝에서 내 마음이 정했습니다.

instagram   @joomaumse3
email   eun3joo@gmail.com

『삶은 살아가며 겪는 신비』

무노

늘, 언제나, 항상 엉뚱함을 꿈꾸는 평범한 직장인.
어른임에도 순수함을 잃지 않아 별명이 '초딩'이라는…
일상의 소소한 이야기를 무모하지만 열정 하나로 시로 담아 봄.
지금부터 저와 함께 신나는 내일을 꿈꿔봄이.

instagram   @zero_kk14
email   infinity14@naver.com

『눈물』

강병욱

『소중한 그대, 소중한 그때』

다시 넘어질까 두려워도
가고 싶은 곳이 있어서

실패가 반복되어도
밤하늘의 별이 보고 싶어서

세상에 최소한의 낭만은
필요하다 믿으려 합니다

덕분에
소중하게 간직한 추억을
당신께 전할 수 있습니다

달맞이

불행과 행복을 구별할 줄 아십니까
전 아직 결말을 정하지 못했습니다

뜨거운 눈시울 가득 담길수록
흐릿했던 시절은 선명해지고

어스름한 골목길에서 마주한 당신은
나의 짙어진 그림자를 알아봅니다

소풍이 끝난 아이의 도시락 속 김밥처럼
기억은 덩그러니 남아 있어

감히 추억이라 불러도 될까요?
그게 아니라면
그림자가 사라질 때까지 기다려줄래요?

다정한 눈빛으로 나를 비추는 당신은
사랑하는 사람을 닮았습니다

한여름의 기억

푸른 이파리들 사이로
햇빛이 들어와 잠깐 인사를 나누고

더위를 피해 그늘로 들어온
바람과 마주해 멋쩍게 웃었다

아이야 넌 무엇이 서러워 울고 있느냐
하긴, 나도 내가 왜 여기에
서 있는지 모르겠구나

길모퉁이를 돌 때 우연히 마주친
담벼락의 능소화처럼

오래도록 기억하고 싶은
그런 사람이 있다

여름이 한 뼘씩 가까워질수록
검게 그을리는 피부처럼

그리움이 점점 짙어지는
그런 추억이 있다

낙엽의 노래

너와 눈이 마주친 순간
나는 움직일 수 없었어

지나가는 사람들은 아마 알지 못할 거야
네가 헤어지기 싫어
수천 번을 흔들렸다는 것을

외로운 초승달은 눈을 감고
덩그러니 혼자 남아 반추하고 있을 때
나도 잠시 바람에 흔들렸던 걸까

어쩌면, 나도 헤어지고 싶지 않았어
사실, 나도 너처럼 같이 있고 싶었어
그러기 위해서 나는 가치 있는 사람이 되고 싶었어

계절은 약속을 하지 않아도
어찌 자신의 때를 알고 있을까

어디서 불어온 바람이 널 데려가 버리고
가야 할 방향을 정하지 못하여
난 또다시 초연해진다

헌책

지우개로 지워도 선명한 연필 자국
감추어지지 않는 구김 자국이 부끄럽습니다

찢어지고 구겨져도 괜찮습니다
다만 언젠가 버림받을 존재라서 불안합니다

사랑해야 합니다
그대가 잊는다 해도
난 그대가 좋아하는 문장을 기억합니다

나의 이야기는 열린 결말입니다
그대가 돌아오기를 기다리는 까닭입니다

꽃

언젠가 꽃이 피면
울긋불긋 꽃들이 미소 지으며
살포시 안아줄 거야
그 품속은 포근하여
한가로이 낮잠을 잘 수 있겠지

언젠가 꽃이 지면
가끔 흘러가는 강물에 꽃잎 띄워
내가 잘 지낸다는 걸 알려줄게
그 꽃잎에는
나의 글이 있고 너의 얼굴이 있겠지

그때, 그대

기다리고 또 기다리다
눈 깜짝할 새 어른이 되어버릴 것 같아서
눈앞에 반짝이는 건 손에 움켜쥐었다

강물에 띄운 종이배
결국 돌아오지 않고 떠나버려도

나는 살아있는 존재이기에
아무것도 하지 않을 수 없었다

세상이 변하듯 나도 변하겠지만
추억을 상처로 남기고 싶지 않기에

강물에 비친 달빛처럼
정성스레 담아두고자 한다

그때, 그대
소중하지 않은 적 없었다

목욕탕

조용히 씻고 싶은데
냉탕에서 물장구치는 꼬마들이 거슬린다
고함소리가 시끄러워 한마디 해야겠다
'이것들이 수영은 수영장에 가서 해!'
말하려다
하나, 둘, 셋, 넷
생각보다 인원이 많다
아이들이 의외로 덩치도 크다
어쩔 수 없지만 이번에 내가 참는다

너희는 좋겠다
친구들 많아서
난 친구들이 좀 바빠
취업도 준비해야 하고
돈도 벌어야 하고
연애도, 결혼도 해야 해
다음에는 나도 꼭 친구 데려올게

꼬마들이 나가고
아기를 안고 한 남자가 들어온다
아기는 목욕탕이 처음인지 해맑게 웃으며
아빠와 장난을 친다

탕 안에 울리는 웃음소리가 신경 쓰이는지
남자는 사과한다
당신은 알고 있을까
당신의 일상이 누군가의 버킷리스트라는 걸

아가야 좋겠다
아빠와 함께 있어서
난 아빠가 좀 멀리 계셔
지금 이 순간
아마도 꿈처럼 잊어버린다 해도
언젠가 꿈처럼 잃고 싶지 않은 선물이 될 거야
다음에는 나도 꼭 부자끼리 올게

기다리지 않는 나무는 없다

그대를 기다리는 동안 나무가 되었습니다
시간이 지날수록
잎이 우거지고 뿌리도 깊어집니다

사실 가을에는 지친 마음 달래려고
낙엽을 떨어뜨렸습니다
하지만 약속을 지키려고 합니다

겨울 지나 봄에 오신다면
그대 꽃내음 맡을 수 있도록 꽃을 피우겠습니다

봄이 지나 여름에 오신다면
그대 쉴 수 있는 그늘이 되겠습니다

그대를 기다리는 동안 나무가 되었습니다
날이 저무는지 익숙한 산새 소리가 들립니다

단비 1

삭막한 땅에 단비가 내립니다
칼자국 같은 갈라진 틈 사이로 빗물이 스며듭니다

아주 오랫동안 가뭄이었던 땅이었습니다
모두가 좌절하고 돌아선 곳이었습니다

아직 용서하지 못하고 미워하는데
단 한 번의 비가 생명을 불어넣습니다

삭막한 땅에 새싹을 틔우려 합니다
먼 훗날 지친 당신 안아주고자
숲이 되려 합니다

단비2

할 수 있는 게 늘어날수록
할 수 없다는 생각이 들 때

걱정이 태산만큼 쌓여
잠이 오지 않을 때

지난날 당신의 눈물이 떠오릅니다

잊지 못했지만 잃어버린
사랑했지만 사랑하지 못했던

메마른 땅에 내리는 단비처럼
눈물이 마음에 스며들었던

지난날 당신을 기억하려고 합니다

아로새김

기억하시나요
그대와 내가 처음 만났던 날
세상에 태어나 처음으로 사랑을 배웠습니다

기억하시나요
그대와 내가 다시 만났던 날
세상에 기적이 있다는 걸 깨달았습니다

기억하시나요
그대가 미안하다고 말했던 날
세상이 부서질 것 같아 두려웠습니다

기억하시나요
그대가 고맙다고 말했던 날
세상에 태어난 의미를 알 것 같았습니다

기억하겠습니다
그대가 내게 세상을 보여준 의미를
그대가 남겨준 추억을 아로새깁니다

첫 월급날

처음으로 엄마에게 용돈을 드렸다
엄마가 미안하다고 말했다
이상하다
엄마는 항상 미안하다

마중

어디 명줄 짧은 할배 있으면
시집이나 다시 가련다
우리 손주 돈 많이 물려줘야지

팔순 넘은 할매의 농이 지나쳐
피식 웃음이 나왔다

방안에 깔아 둔 이부자리가
고요한 바다 물결처럼 가지런하다

하루 종일 구겨졌던 마음도
다림질로 반듯해진 셔츠처럼 펴지는 것 같다

누군가를 사랑하면 걱정한다
누군가를 사랑하면 기다린다

가로등 불빛처럼 외로이 마중 나온
당신께 사랑을 배웠다

빈집

떠난 이를 기다리지 마라
남은 건 빈집뿐이다

지난 추억들을 붙잡지 마라
남은 건 빈집뿐이다

이미 지나간 바람처럼
멀리 날아간 새들처럼

모든 것은 언젠가 사라지고
결국 남은 건 빈집뿐이다

창문을 열어줘

창문에 비친 부서진 날개를 보니
눈이 감긴다

창 너머 꿈같은 현실은
닿을 수 없는 과거의 기억일까

너에게 난 무엇일까
어떻게 살아야 후회하지 않을까

어차피 날개를 펼치지 않으면
아무것도 알 수 없기에

다시 한번 파편을 긁어모아
문을 두드린다

창문을 열어줘
창문을 열어줘
다시 고백한다

봄처럼

당신께 봄이 도착했다는 소식을
전하고 싶었습니다

이미 봄이 보낸 편지가
도착한 걸 모른 채

목련의 우아한 춤사위와
샛노란 개나리의 희망찬 노래가

이미 곳곳에 모여
당신을 기다리고 있었네요

봄은 수줍어하지 않고
떳떳하게 고개를 들고 미소 지어요

봄은 먼저 반갑다고 인사하고
보고 싶었다고 말합니다

소중한 사람들의 얼굴에 진달래처럼
보랏빛 웃음이 피어나도록

나는 봄처럼 사랑할 거예요

소중한 당신의 행복이 벚꽃처럼
온 세상에 흩날리도록

나는 봄처럼 사랑할 거예요

맞잡은 손

우리 같이 걸을까
스멀스멀 다가오는 두려움을 쫓아낼 수 있도록

우리 같이 손잡을까
얼어붙은 손이 서로의 온기로 녹을 수 있도록

서로 손을 맞잡으면
서로 마음이 만나는 거야

너의 아픔 나의 상처
서로 어루만지며 덮어주는 거야

덩그러니 핀 꽃보다 흐드러지게 핀 꽃밭처럼
홀로 우뚝 선 나무보다 울창하게 들어선 숲처럼

너와 내가 맞잡은 손
우리 이 감촉을 잊지 말자

줄리엣

달은 까만 이불을 덮고
편안하게 누워 있어요

별은 보이지 않아요
오늘은 주인공이 아니니까

숲속 나무들의 침묵이 들려요
이제야 행복을 발견할 것 같아요

추운 겨울이 결국 지나갔어요
그 시간은 반드시 필요한 시간이었어요

지금 흘러나오는 노래처럼
행복했던 시절이 되어
언제나 빛나고 있을 거예요

그대 이름은 줄리엣
어렴풋한 기억 속에 이름이 생생하게 피어나

봄이 보낸 편지가 도착하기 전
계절의 냄새가 배었습니다

10원

길가에 버려진 10원짜리 동전 하나
지나가는 누구 한 명 줍지 않는다

호주머니만 무겁게 할 것 같아
나도 지나치려 했는데

어린아이 울음소리 들리듯
먼지 속에서 애처롭게 반짝였다

작은 값이라도 얘도 돈인데
쓸모없으면 버림받는 건가

왠지 모를 서러움에
녹슨 눈동자에 고인 눈물 닦아주었다

공

운동장에서 공을 쫓던 아이는
운동장을 벗어나 돈을 좇는다

이제는 공보다 공처럼 둥근 0이
쌓이는 것을 더 좋아한다

공과 0은 다르지 않다
둘 다 다가가면 멀어진다

내 앞에 놓인 무언가가
공인지 0인지 몰라도
나를 자꾸 떠나간다

꿈

꿈이 생겼다
돈을 많이 벌고 싶다

꿈이 생기니
다른 꿈들이 비좁다며
마음에서 나가려 한다

꿈이 떠난다
청춘을 함께 했던 꿈들이 살기에
마음이 너무 비좁다

꿈이 없다
마음속에 이제 남아 있는 건
꿈이 아닌 현실이었다

꿈을 찾는다
떠나간 꿈들을 찾기 위해 글을 쓴다

시인과 바다

우리 바다에서 만나자
무거운 마음 내려놓고
강물 따라 흘러가자

아주 먼 곳일지라도
바다가 보이는 곳이어야
시인은 목놓아 울 수 있다

세상이 정해준 이름들은
언젠가 사라지기에

아틀란티스를 찾아
잠수부는 바다 깊은 곳으로 침잠한다

바닷속 심해어들처럼
가능성이 보이지 않아도

언젠가 발견하게 될 거야
무한의 바다는 영원할 테니

하늘을 보다

고개를 들어 하늘을 보아라
달이 예쁘다
별도 예쁘다
세상이 참 아름답다

온종일 고개를 숙여서 볼 수 없었다
하늘에는
숫자도 없다
시험도 없다
갈등도 없다

너는 될 수 있으면 하늘이 되어라
세상에 아름다운 것들은
네 주변에 가득하거라

여름 밤길

개구리들이 운다
머언 곳에서 개도 운다
아주 조용한 곳에선
풀벌레들도 가늘게 울고 있다
도로 위 차들도 시끄럽게 울부짖는다

오랜만에 걸어보니 알겠다
다들 울고 있다
눈을 감아보니 알겠다
다들 살아가고 있다

가을 산책

바스락거리는 숨소리가 거칠어
주위를 둘러보니 어느새 가을이네

뜨거운 여름내 소중히 간직하던 것을 버리려니
바람도 아쉬운지 울먹이나 봐

우리는 이미 알고 있잖아
우리 모두 사라질 존재라는 것을

떨어진 낙엽도, 떨어질 낙엽도
너도나도 언젠가 스르르 잊혀 간다는 것을

바람과 구름이 지나간 흔적도 없고
날 옭아매던 게 무엇인지도 모른 채
멍하니 하늘을 바라보네

그림자

작은 별도 보이지 않는 어둑해진 밤하늘 아래
가로등 불빛만이 유난히 또렷했다

빛과 어둠이 공존하는 명암은
눈길을 사로잡기 충분했고

우연히 그곳에서
너를 마주치게 되었다

상처받는 게 두려워 상처 주지 못하고
후회하지 않으려 해도 항상 후회하고

도전을 포기하고 실패에 좌절하고
사랑하지 못하고 사랑받지 못하고

밝게 빛나는 세상이 무서워
어둠 속으로 도망치는 내가 너라서 미웠다

내일 해가 다시 밝아 너를 잊기 전에
하고 싶은 말은 내가 너라서 미안했다

사바아사나(Savasana)

첫 문장을 쓸 때도 이토록 주저했는지
한참 망설이다 용기 내어 문을 열면

나지막이 들려오는 코시차임의 미소
이제 아주 먼 여행을 떠나려 합니다

온종일 몸속에 숨어 있던
조그만 호흡들을 만나면
생사를 벗어나 자유롭게 존재하여

아기가 되고
영웅이 되고
한 그루의 나무가 되기도 하며
세상이 정해준 이름을 잊으려 합니다

몸이 뻣뻣한 건지
마음이 유연하지 못한 건지
하루에 끝에 서서
자세를 유지하기 쉽지 않아요

언제까지 아파해야 할까요
하루 종일 일도 힘들었고

사람들도 어려웠는데
기어이 마지막까지 고통을 선택합니다

완벽한 자세는 어려울 것 같아요
이제는 완벽하지 않아도 완전하고 싶습니다

결국 종착지는 사바(娑婆)
다시 돌아올 걸 알면서
미련하게 떠날 채비를 시작하려 합니다

집으로 가는 길

오랜 시간이 걸렸습니다
너무 멀리 와버렸습니다
하지만 다시 돌아갈 길입니다

가로등이 외롭게 서 있습니다
주변에 사람들은 없습니다
오로지 혼자 걷는 길입니다

가끔 별들이 걱정되어 마중 나옵니다
오늘은 밤하늘의 별이 보이지 않습니다
오롯이 혼자가 되어야 하는 길입니다

집으로 가는 길입니다
또 다른 길도 있습니다
하지만 저는 이 길을 좋아합니다

문

그럴 수도 있고 아닐 수도 있는데
문이 열렸다 닫히는 것처럼 반복되는 일상 속에

또다시 오늘을 예측하지 못해 고개를 떨구는 게
나는 아직도 익숙하지 않아

간절히 바라면 이루어질 줄 알았는데
내가 열고 싶은 문은 언제나 차갑게 닫혀 있어

기다림은 곧 상처라는 사실을 받아들이기
나는 아직도 두려워

문을 열고 집에 들며, 먼지 묻은 신발을 벗듯
상처받은 마음을 방으로 들이고 싶지 않기에

오늘 밤 달빛이 비치는 곳에 둘 테니
내 작은 영혼을 잠깐이라도 따스히 어루만져 줘

바라건대 문을 열고 들어오는 것들이
이제는 사랑이었으면 좋겠어

소도(蘇塗)

푸른 바다가 보이지 않는 이곳에서는
파아란 하늘을 바라볼 수밖에

여기는 시간이 정지된 곳
하늘과 나만이 공존하는 세계

잠간 마스크를 벗고
걱정과 후회를 내려놓기를

검은 추격자들이 쫓아오지 못하는
이곳은 소도(蘇塗)
도망자들의 안식처

이미 정해진 인간의 결말
끝끝내 이름을 찾지 못하고 날아가는 새여

결국 어른이라 착각하는 고귀한 금수들과
난 다르지 않을지도

빈칸

하고 싶은 말이 있어서 아무 말도 하지 않았다
진심을 전하기 위해선 침묵이 필요했다

떨어지는 나뭇잎을 붙잡고 싶어도
꽃잎이 우수수 쏟아지더라도

아직 도착하지 않은 손님을
누군가는 기다려야 했다

빼곡히 적힌 글을 읽다가 빈 여백에 눈길이 간다
무언가를 채우고 채워도
왜 아직도 빈칸만 보이는 걸까

밤하늘 가득 어둠으로 채워도
달은 속절없이 빛나고 있는데

엉겁결에 태어난 세상은 빈틈이 없어서
존재의 이유를 옷에 묻은 얼룩처럼 감추려 한다

숨바꼭질

누구도 볼 수 없도록
꼭꼭 숨었는데

아무도 찾지 못하는 곳이라
생각했는데

괜찮다
잘하고 있다

말해주니
눈물을 들키고 말았다

길을 잃은 그대에게

글을 쓰다가 길을 잃었다
어디로 가고 있는지, 어디로 가야 하는지
나는 알지 못했다
가끔 등대처럼 반짝이는 것이 보였다
그 빛을 따라가다 보면
너의 이름이 적혀있었다

시간이 지나도 항상 빛나고 있을 것 같다
길을 잃어도 아름다웠던 밤하늘의 별처럼
불안이 책임감이 되는 과정에서 길을 잃어도
어떤 길을 가든 너의 길은 옳은 길이다
내 마음이 조금 아릿하더라도
너는 눈부시게 행복해야 한다

마지막 인사

그리움이 습관이 되기 전에
떠나려고 해

다시 돌아갈 곳이 없는 여행처럼
목적지는 정해져 있지 않아

올해 마지막 해가 지기 전에
떠나려고 해

녹나무 한 그루 홀로 선
외로운 길일지라도

나는 응원받을 만한 가치가 있는
사람이라고 생각해

밤하늘에 빛나는 별이 아닐지라도
밤하늘을 나는 비행기가 될 테니

희망 사항

히어로처럼 극적인 순간에 나타나는 게 아닌
가족처럼 항상 곁에 있어 주기를

불행을 마주한 순간이 있더라도
되돌아보면 행운만 기억하기를

가끔 길을 잃더라도
어여쁘게 핀 들꽃을 볼 수 있기를

가장 소중한 것들은 가까이 있다고
당연한 것을 당연하게 여기지 않기를

작고 초라하더라도
귀하게 여기어주기를

시간이 지나 어른이 되어도
펜을 놓지 않기를

사람으로 살아가더라도
사랑으로 죽을 수 있기를

기다림

기다렸다
기다리면 살며시 꽃이 피어 있었다

기다리지 않았다
기다리지 않으니 어느새 꽃이 피어 있었다

기다려도 기다리지 않아도 꽃은 피었다
그러기에
내가 기다려도
내가 기다리지 않아도
너는 꽃처럼 피어날 것이다

선물(Present)

아무 일도 일어나지 않았어
담장의 덩굴들이 얼굴을 빼꼼 내밀었을 뿐이야
해맑게 웃고 있는 놀이터의 아이들을 봐
싱그러운 웃음에는 목적도 없고 방향도 없어
어쩌면 행복은 보물처럼 숨어 있다는 건 나의 착각이야

기다림이 머문 곳에 꽃이 피고 열매가 맺혔어
무언가 가질 때마다 다른 무언가 사라진다는 걸 알지만
나는 언젠가 죽을 운명이기에
지금은 오롯이 행복하고 싶어
오늘도 달이 무척 이쁘구나

김은진

『사랑한다 너를, 내가 짊어진 사랑이라는 무게만큼

사랑할 이들에게는
사랑의 예고편이 되고,
사랑을 하고 있는 이에게는
두근대는 심장의 길잡이가,
사랑의 마침표를 찍어가는 연인들에게는
그 마음을 헤아려주는
사랑을 마주 보며
진정한 내 안의 나를 찾아가는
너와 나, 그리고 우리들의 사랑연대기

시인의 말

사랑한다 너를

안갯속에 갇혀
진실을 찾아 허둥대는
내 절망의 무게를 나누고자

애꿎은 종이에
사랑한다라고
꾹꾹 눌러 담아
내 마음을 써 내려간다

안갯속에 사라진
나의 그림자가
되어준 너를

나의 실종되었을 사랑을
찾아준 너를

내가 짊어진 사랑이라는 무게만큼
안갯속 수많은 물방울의 수만큼
마음에 숨기며
사랑한다 너를

사랑 기행

너에게서 봄의 연둣빛
새싹 향기가 나
이 세상에 존재하지 않던 나에게
새로운 사랑의 시작을
고백하는

너에게서 수줍게 내 안에서 열매 맺은
향긋한 복숭아 향기가 나
마음속까지 여름의 열기로 설레는
사랑의 분홍빛 달콤한 공기를
속삭이는

너에게서 가을의 쓸쓸한
초저녁 노을의 맛이 나
내 마음속 사랑의 불꽃을
씨앗까지 서서히
꺼뜨리는

너에게서 겨울의 투명 빛 눈꽃의
차가운 슬픔의 맛이 나,
이제 더 이상 존재하지 않는
우리의 사랑 온도를
통보하는

사랑 편집

운명의 마차에 실려
빼앗긴 행복과 기쁨
그 존재의 상실은

비로소 그들이 차지했던
내 인생의 가치를

어두운 새벽에
떠오르는 태양처럼
사랑으로
편집하게 해준다

사랑은 고정되지 않는
사랑은 언제나 위태로운
사랑은 도전이자
사랑은 매 순간의

황홀함에 타올라 불안 속에
흔들리며 꺼지는 화려한
내 인생의 촛불

너를 사랑하는 순간

운명의 여신이 가린
어둠의 밤하늘

오직 너의 두 눈에 가득한
보석처럼 빛나는
별들만이
황금빛
내 심연의 길로
나를 인도하네

사랑하는 너의 두 눈을 통해
내가 가야 할 길 위에서
나 자신과 마주하는 순간

너를 사랑하는 순간
나를 사랑하는 순간
너를 통해 나를 사랑하는 이 순간

사람 혹은 사랑

소리 없이 곁을 찾아와서는
몽글몽글 하늘의 하얀 솜사탕
내 마음 그득 넣고 퍼지는
달콤한 행복을 주는

같은 하늘을 바라보고
같은 별을 바라보고
폭풍우 치는 인생에서
서로의 북극성과 등대가 되어주는

존재하는 자체로
나를
살아가게 하고
살아있게 하고
내 인생에 몰입하게 해주는

사람 혹은 사랑

달무리 사랑

내 인생의 중심 바로 옆
환하게 서서히 나를,
내 인생을 비추어주는

내가 가장 빛날 수 있는
나를 찾는 길로 안내해 주는
세상의 중심이 내가 되도록

은은한 사랑으로
나를 지켜주고
용기를 주는

너의 달무리 사랑

첫사랑

난생처음
첫눈을 보는
아이처럼

내 마음의 마을
눈 내리는
수평선 저 끝 너머를 보는
두근대는 나의 마음

흩날리는 첫눈과 함께
사뿐하게 내려앉아
소복소복 쌓이는
너의 사랑

하얀 행복으로 채색된
세상 속
너와 마주한
뜨거운 겨울
나의 첫 심장
나의 첫 사랑

무중력 사랑

일상에 수감된
나의 마음에 열쇠가 되어

고통의 쳇바퀴라는 족쇄를
너의 속삭임으로
나도 모르게 스르르
풀어준다

매일의 굴레를 벗어던진
무지갯빛 시간들 속에

순수한 어린아이의
손에 들려진
들뜬 풍선처럼
두둥실 떠올라

내 발끝은
너라는 사랑 길을 걷는
무중력 댄서가 되어
세상을 노래하며 춤춘다

잿더미 사랑

서로 다른 너와 내가
물과 기름처럼 만나
서로 다른 차원의 서로를 느끼며
바라본다

내가 가지지 못한
너의 역사를 먹이 삼아

그 사이를 비집고 자라나는
사랑이 원료가 되어

영원할 것 같은 불과 기름으로
활활 타오르는
너와 나

헤어짐의 슬픈 비로 꺼지는
운명임을 모른 채

자신들까지 타 없어져 버릴 만큼
검은 잿더미로 없어질
운명임을 모른 채

눈먼 사랑

사랑하는 서로를 바라보지만
영원히 만날 수 없는

하늘의 차가운 눈물이
사랑하는 대지 위로
수없이 떨어지는
8월의 어느 비 오는 날

그들의 눈먼 사랑이
하얀 금속 파편으로
수없이 쪼개어 부서져
파도치듯 슬픔으로 밀려온다

깊은 마음속 어둠으로
부서진 마음의 조각을
해방시키기 위해

여름의 끝자락 햇살은
눈부신 빛의 투명한 사랑으로

내 마음의 반짝이는 눈물의
수평선 소용돌이를 어루만지며

조용하게 내려앉는다

미련 없이
나의 바다의 심연으로

너란 슬픔의 조각들을
나의 사랑으로 어루만지며

심장 회귀

그녀의 심장에서 태어나
그녀의 기쁨과 환희의 눈물을
심장에 새기고

그녀가 피워낸 생명들 속
심장의 속삭임을 읽으며

다시
시작이자
끝으로
회귀하는

너의 심장

꽃향기 눈물

다가가고 있어,

손 흔들고 있는
그곳의 너를 향해

이미 알고 있어,

내 마음은
저 멀리

이미 흘려진
너의 싱그러운 꽃향기 눈물과
머물고 있다는 걸

노을빛 사랑 1

매일 뜨는 아침 해의
붉은 서사같이

작지만 뜨겁게 타오르는
붉은 성냥의 생의 시작처럼

한 움큼의 사랑 불꽃
투욱 던져주는

너와 내가 공존하는 하늘 그 사이의
어딘가 존재하는 점들을 이어주는

해 질 녘 노을 머금은
하늘과 태양을 닮은

너의 사랑을 담아
물들여지는
너와 나의

노을빛
그 사랑빛

노을빛 사랑 2

밤하늘에
새겨지는

빛의 아른아른한
일렁임처럼

내 마음속
금빛 투명한 불꽃축제를 터트리고

언젠가는 빛바래진 차가운 달님과 함께
내 마음 벼랑 끝에서 몰락할 테지,

생을 마감한 우리의
노을빛
그 사랑과 함께

너울지는 사랑

서서히 나를 비추는
투명한 겨울빛 사랑 감춘
너란 파동의 울림으로
서로의 너울이 되어간다

너울지는 우리의 마음
설레는 그 출발점에서
운명이라는 파도를 타고
너와 나의 너울지는 세상을
행복으로 함빡 적셔간다

결국 서로 다른 방향으로
하얗게 부딪혀
잊힐 시공간 속으로
사라질 운명임을 품은 채

가을

황금빛 낙엽이
책장을 넘겨주는

따뜻한 가을 햇살처럼
다가왔던 너

다시, 가을

그렇게 내 인생에
걸어 들어와

내 몸에
너의 향기를 새기고

차가운 가을비를 타고
너는 다시 떠나간다

사랑인 건가 1

흑백 사진기처럼 내 눈에 찍혀지는
흙빛 죽음 빛, 장송곡 선율의 세상,
매일을 검정 공장에 서식하는
기계의 거뭇거뭇한 기억으로
찍어내는 나의 일상

어느 순간 너를 만나
조금씩 아주 조금씩
파스텔 빛 유원지로
매일이 행복의 순간으로 갈무리된다

세상의 소리에
스스로 귀머거리가 되어
나의 슬픔도, 세상의 비명도
너라는 강력한 중력의 구멍으로
빨려 들어가고

어느새 또렷한 색감을 연주하는
세상의 생명을 이야기하는
내가 되는 이건
사랑인 건가

사랑 파편

너와 내가 다르기에
우리의 다름에서 오는
관계의 화학 작용으로

인생의 무도회에서 영원할 것처럼
마주 보고 웃으며 서 있었다

주인이 없어진 텅 빈 무도회장의
흐트러진 기억들은 알알이 심장에 찔려온다

시간을 타고, 바람을 타고,
다시 과거로 흩어지는
기억의 파편들

하얀 겨울
다시는 없을, 어차피 꺼졌을,
모닥불 같은
나의 따뜻한 마음 서린
하얀 추억
사랑 파편 하나

너의 심장

손 내밀면 닿을 것 같은
아니 멀어질 것 같은

너의 차가움과 나의 따뜻함이 만나
일어나는 새벽녘의 청량한 연기 속에
숨겨진 차가워진 너의 심장

너의 심장 뒤에 숨겨진
여름의 보물들을 찾는
나의 심장에 새겨진 기억
그 순간들

나의 심장을 움켜쥐고
세상이 너에게
행복이라는
의미가 되어주었을
그 시절의 네 심장처럼

너의 마음이 내 눈을 넘어
늘 볕 든 언제나 볕이 드는 양지처럼
행복했고 행복했을,

행복이 태어나던
생명의, 심장의 두근거림
아슬아슬한 그 순간들

환하게 빛나 곱고 아름다운
사랑의 꽃잎을 뒤로하고
지나간 너의 온기를 찾아
조각난 기억에 살포시 올려보는
사랑을 시작한, 순간

끝에 닿아버린
나의 처연한 심장

끝 모를 암흑으로 떨어졌네
속절없이,
내 화려했던 사랑 이야기처럼

사랑 판결

그를 혹은 그녀를
배려하고 알고자 하고 있나요?

그의 존재를
그녀의 존재가
세상에 있음을 감사해하고
스스로에게 알리고 싶나요?

그 혹은 그녀를 보면
마음이 노을 지는
즐거움으로 물드나요?

그 혹은 그녀를 만나
내일을 맞이할 힘이 생기는 것을
스스로 살아있음을
느끼게 되나요?

그렇다면 당신은 사랑하고 있습니다

그것이 사람이든 반려견이든
책상 위의 꽃 한 송이든 간에요

괜찮다 네가 나이기에

끝없이 이어진
외로움의 길목

방황하던
마음속 외딴섬에서

한발 한발
내디뎌본다

괜찮다
너와 함께라면

괜찮다
네가 나이기에

사랑인 건가 2

스스로 만든 내 감옥에
절망과 밤의 여신에게 부탁한
검은 커튼 쳐
세상의 빛을 차단한다

몸을 아니 세상을 향한 의지를
움츠리고
하염없이
빛을 향한 내 마음의 조각별을
구석진 서랍으로
끝없이 유배시킨다

얼마나 시간이 흘렀을까
나는 살아있는 걸까
아니면 세상을 방황하는 공기 같은
無의 존재인 걸까

해골같이 하얀 잔해만
애처롭게 남은 앙상한 마음은
지푸라기처럼 바스락거리며
한 줌의 가루로 사라져 버릴 것 같은데

구원은 되는 걸까
고해는 되는 걸까
출구는 어디인 걸까

고독을 영양분으로 지탱하는
이 어둠의 터널의 끝에서
이제 그만 나오라며
손 내미는 너는

내가 그토록
원망하고
경멸하고
염모하던

나도 모르게 그리워하던
사랑인 건가

너와 나의 연대기

나의 팽개쳐진
세상의 목숨 뼈다귀에
흘러가는 시간의 장송곡이 울린다

스러져가는 나의 세상을
다시 태어나게 한
시간의 별빛이 쏟아지는
나만의 금빛 찬란한 화단에 군림한
너라는 꽃 한 송이

서로가 살아있음에
서로가 알아봤음에
서로가 태어나 줬음에
감사하던

내가 너였고
네가 나였던
수많은 삶의 좌표들이 일치되던 순간들,
닳고 닳은 피부처럼 기억에 밀착된
너와 나의 연대기

너라는 바다

심연의 저편에서
굽이치는 파도를 타고
너에 대한 그리움이
끊임없이
차디찬 얼음 같은 고통으로
휘몰아쳐 온다

매일매일
밀려오는 그리움을
갈무리해
추억의 앨범 속에
쫓기듯이
묻어버리지만

또다시 차오르는
빗물 된 눈물이 한 몸 되어
영원처럼
불어나는
너라는 바다

수백만 바늘이
찔러대는

내 심장의 고통을
삼키며
드리워진
내 안의 핏빛 바다

시절 연인

같은 공기 같은 하늘 아래
서로 다른 시공에서
외로움을 섬기며 살았던
천리의 시간들

내 인생의 시작점을
어디선가 함께 했을 그리운 사람,
고통의 끝도 함께한 고마운 사람,

어느 순간 그와의 시공간에
나는 끌어당겨져
인과 연이 거부할 수 없는
연인이 된 사람

서로의 인과 연의
엇갈린 심장 소리가 흩어져
인연의 숨이 끊어지는
죽음의 시절이
우리를 일깨우러
찾아올 때까지

너에게 가는 길

내 마음속 등대의
새하얀 빛줄기처럼
나를 구원하는 미지의 어두움을 향해
손을 뻗어본다

언제부터 그곳에 있었을까
내가 존재하기 이전부터일까
존재하지만 보이지 않았던 것일까

별과 위성처럼
언제나 내 운명의 궤도를
서로 눈 가린 채
회전하고 있었던 것일까

내 삶에 깊숙하게 숨겨둔
녹슨 마음 창문 살짝 열고
빼꼼히 쳐다보며
기다리는 사랑을 묻는다

예정되지 않은
낯선 너에게 가는 길,
손 닿으면 부서질

검은 나비의 잔망질처럼
곧 사라질 사랑이지만

헤어짐의 슬픈 비로 꺼지는
그게 사랑
그리고 추억이라
이름 지어져 버린 기억

그 잔해 속의 결과에 다가가고 있다
그렇게 삶의 한가운데
실로 존재하는
나에게 가는 길
그리고 너에게 가는 길

헤어질 용기

예전 같지 않은
너와 나 사이를 가르는
서늘한 새파란빛
경직된 공기 속에

사랑의 여신은
파리한 얼굴로
우리에게 작별을 고하며
눈물길 한 걸음 한 걸음마다
사랑을 걷어가며
떠나간다

그녀가 미처 회수하지 못한
추억된 우리의 사랑이
마지막 사랑 불씨를
애타게 찾아본다

추억된 사랑이 그리워
이미 눈물로 젖어버린 심지에
우정이라는 불씨라도
끊임없이 소생시키려
매달려 보지만

끝내 피어나지 않는 연기

체념을 위하여
너란 기억의 해변 길
후미진 구석진 곳

살그머니 용기 내어 걸어가
우리 사랑 추억 몰래 묻어주고
사랑했던 나의 마지막 그리움도
추억의 바다에
안녕을 고하며 묻어버린다

운명의 끈

너와 나도 모르게
서로 다른 세상에 살던 우리를
가슴 벅참으로
이어준 필연이라는 운명의 끈

서로가 서로를 얽어가며
커지는 너와 나의
마주한 심장의 맥박 소리
새벽 공기처럼 벅찬 마음

서로를 이어준 운명의 끈은
엉켜져 버린 실타래가 되어
목적 잃은 우리 사랑 숨통을
옭아매 질식시키네

어느새 우리의 심장 소리는
고요한 어둠 깔린 밤길처럼 애처롭고
아무런 의미 없는 강물처럼 흘러가네

경계선

시간의 경계선을 걷는다
너를 알기 이전의 나의 시간들,
안타까움과 그리움이 태어난
그 순간을 찾아 헤맨다

기억의 경계선을 걷는다
너의 기억으로 채워진 심장이
아프지 않았던
우리의 시작의 순간으로

빗물의 입맞춤

그리움을 머금은
내 마음 조각내어
떨어지는 빗물에
흘려보낸다

내 마음, 강이 되어
굽이치듯 흘러

다시 너의 뺨에 흐르는
빗물이 되어
만날 수 있게

조립

기억된 시간들의
측면을 이어
추억의 조각을 조립해 본다

시간의 경계선과 꼭짓점에
맺혀진 기억들을
애써 기억해 보려 하지만

망각의 가위는
난도질한 기억의 끄트머리
순간들의 고통만을 도려내어
내 심장을 가리네

너의 잿빛 찬란한 기억이
내 시간에서
없어질 때까지

우리, 그날

시간이 가위가 되어
아팠던 우리 심장
도려내 주길

시간이 지우개가 되어
우리의 슬픈 이야기
지워주길

우리,
다시 만날
그날에

마지막 이별

여름 끝,
마지막 초록을 담은 돌담길

한걸음에 너의 향기를
한걸음에 너의 숨소리를
한걸음에 너에 대한 나의 기억을

발목을 간지럽히는
돌담길 가을바람에 실려
떠나보낸다

가을의 시작,
마지막 이별을 담는 돌담길

편린의 기억

내 기억에 박힌
당신이란 기억의 편린은
사무친 그리움이란 시간을 타고
내 마음으로 검붉게 노을 집니다

삶의 아픔에 뒤틀린 비늘
빗물로 적셔주겠노라 말해준
당신의 기억이 스민 편린이, 내 몸에 박힌 채
생채기 난 기억이 되어
내 마음을 기쁘게도 아프게도 합니다

죽어서야 아름답게
바다를 향해 자유가 되는
편린의 은하수처럼
내 심장, 내 기억이
운명의 덫에서 자유가 되어

당신의 기억으로 뒤덮인
내 마음의 비늘이
당신을 향해
박리되는 그날을 생각해 봅니다

정유리

『나 오늘 참 예쁘다』

나도 나를 잘 모르겠다는 말은
내 마음을 외면하고 싶었던 것일지도

누군가에게 전해주었던 위로는
나에게 위로하고 싶었던 말이었는지도

어쩌면 잊고 잃어버린 나를
사랑하는 법을 몰랐던 것이었는지도

태양을 사랑한 별

밤하늘 반짝이는 별을
사랑한 태양이 있었어

태양은 별을 곁에 두고 싶었지만
어두운 밤하늘에서 지낼 자신이 없었어

별은 태양을 위해 밤하늘을 떠났어

멀리서만 바라보던 태양은
눈을 뗄 수 없을 정도로 빛이 났어

별은 태양 곁에 있어서 행복했지만
별은 점점 반짝이는 빛을 잃어갔어

태양은 반짝이는 별빛을 사랑했지만
빛을 잃은 별은 사랑할 수 없었어

태양을 사랑한 별은 밤하늘로 돌아가
슬픔을 쏟아내며 사라졌어

반짝 빛을 내며 떨어지는 별을 보며
간절한 소원을 비는 사람들을 보며

비온 뒤 하늘이 예쁜 법

먹빛의 새까만 구름이
하늘을 뒤덮어 놓았다

쓱쓱 쓸어 낼 수 있다면
돌돌 말아 걷어낼 수 있다면

내리는 비를 맞으며
우중충한 먹빛 마음이
지워지기를 기다리다

눅눅한 비가 그치면
깨끗하게 지워진 먹빛을
파란빛으로 물들여야지

깊고 푸른 하늘
어느 날보다 아름다운

지금 이 순간
마음이 예쁜 순간
나 오늘 참 예쁘다

나는 안녕한가요

잘 지내?

수없이 누군가에게 안부를 전하던 말
단 한 번도 나에게 전하지 못했던 말

나에게 묻고 싶었던 말
나에게 듣고 싶었던 말

나는 안녕한가요

괜찮지 않을 때 흔히 하는 말

괜찮아

말하지 못한 건지
말할 수 없던 건지
말하기 싫었던 건지
말해 봤자인 건지

나도 모르겠어

마음 비상구

마음에 빨간불이 들어오면
어디로 가야 하는 걸까

화재경보음이 울리면
비상구로 안전하게 대피하듯

그동안 내 마음을 데리고 사는
나는 왜 비상구를 마련해두지 않았을까

체념

내 눈이 흐려진 건지
내 귀가 멀어진 건지
내 마음이 탁해진 건지

착각인 건지
직감인 건지

또다시
두려워져

널 잃을까 봐
아니
날 잃을까 봐

마음이 머무는 계절

당신이 흘린 땀방울
당신이 남긴 발자국
당신이 떠난 빈자리에

뜨거운 태양 아래
빼곡하게 줄지어 선
파릇한 옥수수

속을 모르는 옥수수는
굵직한 알맹이를 채워갑니다

옥수수가 익어갈수록
야속한 마음도 익어갑니다

옥수수수염이 짙어질수록
그리움도 짙어집니다

두툼하게 영글어지는
옥수수가 익어가는 계절이지만

내 마음은 서리가 내린 듯
시리도록 아려오는 계절입니다

잘 사는 법

방실아,
밥 무긋나

김치 총총 썰고
두부 툭툭 넣고
바글바글 김치찌개 끓여가
밥 해무그래이

된장 듬뿍 떠서
감자 텀벙 넣고
자글자글 된장찌개 끓여가
밥 해무그래이

바글바글 자글자글
재미있게 살그래이

방실아
그렇게 사는 기다
잘 살아래이

팔십 평생 살아온 할머니가
손녀에게 마지막으로 남긴
잘 사는 법

말하지 않아도

말하지 않아도
여전히 그리워하고 있다는 것을

말하지 않아도
여전히 사랑하고 있다는 것을

말하지 않아도
여전히 슬픔을 삼키고 있다는 것을

말하지 않아도
여전히 아파하고 있다는 것을

말하지 않아도
여전히 남몰래 눈물을 훔치고 있다는 것을

말하고 싶어도
말할 수 없다는 것을

말하지 않아도
알아요

아련한 눈빛이
말하고 있으니까요

그대는 알까요

화려한 꽃이 되어라 말아요
진한 향기를 피어라 말아요
계절의 여왕이 되어라 말아요

어둡고 좁은 틈에서,
한 송이 꽃을 피우기까지
빗물 대신 눈물방울로 지내온 계절

축축한 그늘 진 틈에서
따스한 한 줄기 빛을 받기까지
거센 바람이 흔들어도 외로이 버텨온 시간

여름에 피어날 꽃이 될지
겨울에 피어날 꽃이 될지
아무도 몰라요

그저
이름 모를 꽃일지라도
찾아와 주길 바라는 마음을
그대는 알까요

아무도 없는 바닷가

전하지 못하고
간직한 말들을

축축한 모래 위에
새겨 놓으면

금세 파도가 와서
흔적을 지워버려

옅은 보랏빛 구름이
드리워진 하늘 아래

지나간 기억과 흔적을
속을 알 수 없는 깊은 바다 품으로

달맞이꽃

눈부신 햇빛이 없어도
괜찮아요

어둠 속에 있어도
두렵지 않아요

휘영청 밝은 달이
이 세상 주인공처럼
날 비추고 있으니까요

신비로운 향기에
달빛도 별빛도
흠뻑 취하는 밤

달빛과 별빛을 닮은
노란 꽃을 피워내요

그대를 그리워하고
그대를 기다리면서

장마

여름철 습기를 가득 머금은
축축한 빨래처럼

습기 가득 찬 마음은
쏴아아 눈물을 쏟아내

꿉꿉한 장마철이 지나면
탁탁 털어 빨랫줄에 널어야지

이글이글 불타는 햇볕에
뽀송뽀송하게 마르도록

축축한 빨래도
축축한 마음도

마음이 체할 때면

보이지 않는 상한 감정을
꾸역꾸역 삼켜버렸더니
욕지기가 올라와

메슥거리는 마음을
게워낼 수 있다면

후회를 토해내면
조금은 편안해질까

다른 듯 닮은

깜빡이도 켜지 않은 채
훅 들어왔다가
훅 떠나버리는

내 맘이 아프면서도
네 맘을 걱정해하고

그대를 이해하면서
그대를 미워해 하는

곁에 있어도 보고 싶고
곁에 없어도 보고 싶은

다른 듯하면서
닮은 점이 많은

사랑과 이별

닮으면 잘 산다던데
그래서 사랑을 하면
이별도 찾아오나 보다

안녕

정말
마지막 인사가 될까 봐
끝내 말하지 못한 말

안녕

마음에 빛을 내던
사랑해가 저물고

어둑해진 마음에
이별이 떠오르네

이별

이 밤에
별을 바라봅니다

이 어둠 속에
별이 될 줄 알았다면

이 가슴 속에
별을 그리게 될 줄 알았다면

이내 맘을
별나게 굴지 않았을 텐데

슬픔을 잊는 법

우거짓국에
밥 한 숟가락 말아

우걱우걱
대충 씹어 삼킨다

고개를 푹 숙이고
흐르는 눈물을
새어 나오는 슬픔을

우걱우걱
대충 씹어 삼켰다

아무것도 떠오르지 않는 밤

까만 도화지에
반짝이는 물감을
흩뿌려 놓은 듯

한여름의 밤하늘을
화려하게 수놓은 불꽃처럼

깜깜한 내 마음에도
오색 빛을 터트려볼까

초록빛 여리한 희망을
노란빛 불끈 용기를
주황빛 따스한 행복을
빨간빛 강렬한 열정을
분홍빛 포근한 사랑을

반짝반짝 빛을 내는 내 마음
아름다워 눈을 뗄 수 없도록

어린왕자에게

나는 무리 지어 피는 장미라서
풍성한 예쁜 꽃을 피워내기에
네가 있는 곳은 너무 좁아

너에게 길들수록
너에게 기댈 수밖에 없고

너 없인 아무것도 할 수 없는
나약해진 날 보며 실망할 거야

불타오르는 태양을 이겨내는 법
거센 비바람에 쓰러지지 않는 법
시련을 견뎌내는 법을 잊게 될 거야

내 뾰족한 가시에 찔려
네가 상처받지 않았으면 해

바람에 진한 향기를 보낼게
날 보러 와줄래?

바람길을 따라

바람이 보내는 길을 따라
울창하게 숲을 이룬 나무

솔솔 싱그러운 향이
마음 깊숙이 들어와

바람이 머무는 길을 따라
끝이 보이지 않는 수평선
은빛 물결 반짝이는 푸른 바다

철썩철썩 일렁이는 파도에
들썩들썩 내 맘을 일렁이네

뚜벅뚜벅 걷다 보니
몽글몽글한 감정들로 가득 채워진

나의 이야기가 있는
나만의 길을 만나다

홀로 피어난 꽃

빛도 들어오지 않는
축축한 음지 속에서
가녀린 초록빛 줄기를 내밀며
좁은 틈새 사이로 피어난
곱디고운 순백의 한 송이 꽃

양질의 흙과 햇빛을 머금은
어느 꽃들보다 아름답구나

아무도 알아봐 주지 않는 곳에서
묵묵히 꽃을 피우기 위해
얼마나 많은 시련을 견뎠을까

가장 아름다운 순간에
너만의 빛나는 세상을
활짝 피우기를 바란다

꿈

매일 밤마다
꿈을 꾸어요

모두가 잠든 이 밤
가슴 속 간직해오던 꿈

꿈을 꾸고
꿈을 쓰며 살아가요

너에게 닿기를

따스한 봄 햇살
포근한 품에 안겨

영롱한 푸른빛 물결
깊은 눈망울에 담아

수줍게 피어오른 새싹
수줍게 피어오른 사랑

붉은빛 청아한 꽃향기
몽실몽실 구름 사이로 날아

너에게 닿기를

꽃잠

분홍빛 노을을 바라보며
눈을 맞추고 사랑을 속삭이다

별의 소리를 들으며
입을 맞추고 사랑을 꿈꾸어요

너와 나
사랑을 그리며
꽃잠을 이루던
한여름 밤

달리기

출발선은 같을 수 있지만
도착점은 다를 수 있어요

앞서가는 그들을 바라보며
뒤처지는 자신을 한탄하며
애써 힘겹게 달리지 않아도 돼요

숨이 가쁘게 차오른다면
천천히 숨을 들여 마시고

내가 달려가는 이 길이
단거리인지 장거리인지
내 호흡과 속도를 맞춰 달려가요

도착점에서 환한 미소로
기다리고 있는 내가 응원할게요

오늘 하루는 어땠어?

고마워요
아무도 궁금하지 않는
내 하루가 어땠냐고 물어봐 줘서

고마워요
아무도 토닥여주지 않는
내 하루를 위로해줘서

고마워요
흘러가는 내 하루를
사랑할 수 있게 해줘서

오늘보다, 내일은 맑음

오늘보다 청명한 하늘이
오늘보다 눈부신 햇살이
오늘보다 푸르른 풀잎이
오늘보다 붉게 물든 꽃잎이
오늘보다 한 뼘 커진 마음이

널 반겨줄 거야
내일은 오늘보다 맑음이니까

이렇게 비 내리는 날이면

투명한 우산 위로
토독토독

연둣빛 풀잎 위로
토톡토톡

붉게 물든 꽃잎 위로
톡톡톡톡

어디로 가는지도 모른 채
바쁘게 걸어가던 발걸음

오월의 빗방울 연주 소리에
나도 모르게 느려지는 발걸음

잠시 쉬어가도 괜찮아

내가 응원하는 수밖에

완벽하지 않아도 괜찮아
애써 웃지 않아도 괜찮아

지금까지 잘 해왔고
앞으로도 잘할 거야

한번 해보는 거야
해낼 수도 있잖아

마음대로 되지 않는다고
실패한 게 아니야

해보지 않았다면
미련이 남겠지만

해봤기 때문에
다시 시작할 수 있는 거야

어떠한 어려움도
이겨낼 자신이 있다는 걸 알아

나는 참 강인한 사람이니까
나는 참 괜찮은 사람이니까

그리움의 위로

추억이 그리울 때는
짐을 꾸려 여행을 떠나고

엄마가 그리울 때는
손맛이 담긴 따뜻한 밥을 먹고

마음이 그리울 때는
책 한 권 들고 소풍을 떠나
글 밥을 마음 그릇에 담아둔다

맛있는 위로

노란색 파프리카
길쭉한 팽이버섯
파릇파릇한 부추
얇게 여민 소고기에
돌돌돌 두툼하게 말아

뜨겁게 달아오른 후라이팬에
칙칙칙 익어낸 소고기 말이

쿰쿰한 묵은지와 고소한 돼지고기
보글보글 푹 쪄낸 묵은지 김치찜

쌉싸름한 두릅 숙회
향긋한 취나물무침
알싸한 파김치까지

따끈따끈 갓 지은 하얀 쌀밥
정성스럽게 차려낸 밥 한 끼

수고한 나를 위해
소중한 나를 위해
귀하게 대접을 해

봄이라서 좋다

설레는 바람을 안고
하늘하늘 흩날리는

연분홍빛 꽃비가
내리는 봄이라서

걸어가는 길마다
겹겹이 쌓인 꽃길을
내어주는 봄이라서

알록달록 수채화를
그려놓은 봄이라서

내 맘도
봄이라서 좋다

하루의 끝에는

뽑아도 뽑아도
솟아나는 잡초처럼
삐죽 올라오는 감정을
다독이면서 자주 살펴야 해

오랫동안 방치해 두고
뿌리째 뽑지 않으면

무성하게 자라난 감정 숲에서
길을 잃고 헤매게 될 거야

어떤 것이 진짜 감정인지
어떤 것이 가짜 감정인지
구분할 수 없게 될 테니까

커피 한 잔에 담긴

마음대로 일이
풀리지 않을 때

쓴맛이 강하지만
부드러운 맛이 담긴
커피 한 잔

묵직하고 깊지만
깔끔한 맛이 담긴
커피 한 잔

은은하고 옅지만
달달한 맛이 담긴
커피 한 잔

아직 나에겐
쏩쓸함을 삼키는 것이
두렵고 익숙하지 않지만

커피 한 잔에 담긴
쓴맛, 신맛, 단맛을 느끼며
인생을 찾아가고 있는 것일지도

못난이 과일

흠집이 좀 있으면 어때
크기가 좀 작으면 어때
모양이 둥글지 않으면 어때

아삭아삭 한 입 베어 물면
달콤한 과즙으로 꽉 찼잖아

못난이라고 부르지만
못나지 않았어

과하게 포장되어 있는
반지르르 광택이 흐르는 모습보다

투박하고 수수하게
속이 꽉 영글어진 모습이
훨씬 좋아

못난이 과일을 닮은 너
참 좋은 사람

너라는 보석이 되는 순간부터

구석진 모퉁이에
커다란 돌덩이가 있었어

걷어차이고 던져지고
짓밟힌 돌덩이는
시퍼렇게 멍이 들었지

쓸모없는 돌이 아닌
밤하늘에 수놓아진
빛나는 별처럼 되고 싶었어

외로움 한 조각
서러움 한 조각

반질반질 윤이 흐르도록
슬픔의 조각들을 깎아냈어

시간이 얼마나 흘렀을까

긴긴 겨울밤을 보내고
하늘하늘 꽃비가 내리던 날

봄 바다에 반짝이는 윤슬처럼
푸른빛을 반짝이는 작은 돌이
빛나고 있었어

이젠
아무도 그를 돌이라 부르지 않고
아무도 그를 함부로 하지 않았지

깨질까 부서질까
흠집이라도 날까
소중히 감싸 안았어

세상에 단 하나뿐인
너라는 보석이 되는 순간부터

고백

두 손이 오글오글
두 볼이 화끈화끈

이토록 낯설게 느껴지는 말이었는지
이토록 어렵게 느껴지는 말이었는지
이토록 큰 용기가 필요한 말이었는지

그때는
알지 못했다

거울에 비친 날 보며
수줍게 꺼내기 전까지

사랑해

마음 주인장 백

척박하고 메마른
주인 없는 마음에

저마다 사연이 있는
뾰족하고 모난 돌을
걸러내고 비워냈다

마음을 갉아먹는
시기와 질투가 오지 못하도록
믿음을 뿌리고

비옥한 마음이 되도록
사랑을 흩뿌려 두었다

지나는 이들이 잘 볼 수 있도록
큼지막하게 쓴 팻말을 세웠다

감정 쓰레기
무단투기 금지

마음 주인장 백

소우주

『삶은 살아가며 겪는 신비』

아름다운 시절

오늘 인생
오늘 인연

하늘의 사랑으로 빛난다
아름하게 피어난다
나답게 살아난다.

2023 살아가는 신비 소우주

시인의 말

길

생명의 길을 보니
그 길은 믿음으로만 볼 수 있다
길이 없다고 걱정하고 낙심되고
체념하였는가

믿음으로 보니
그대와 나의 약속한 두 손이
길을 낸다

여기서부터 믿음이면
여기서부터 길이다

소확행

보고 또 보려고 해도 보이지 않는
내일의 구석구석까지

스스로 이해할 수 있는 가치로
오늘을 나답게 살아간다면

내일이 오늘의 나를 비출 때
작은 아쉬움은 있겠지만

후회의 순간에 머물진 않겠죠
괴로운 눈물을 따라가지 않겠죠

모든 것이 행복하다면 좋아질 날인데
모든 것을 사랑하기에 참 좋은 날인데

묵묵한 열정

온 정성을 다해
단 하나를 바라보는
그대의 눈빛은

푸른 그린의 청아(淸雅)한
묵묵함의 빛은
단 하나의 인애(仁愛)

오직 하나
오직 그대

괜찮나요

그만큼은 유연해졌나요

넘어지고 쓰러지고 부러져도
그만큼은 단단해졌나요

나 스스로를 지킬 수 있는
몸과 마음은요
괜찮나요

지나 보니 지나가지던가요
견디니깐 오던가요

그토록 바라던
좋은 몸과
좋은 마음이요

독백 (살아가며 겪는 신비)

그 어떠한 힘듦이 있더라도
한바탕 울었다면 용기 내 살아가요
시간이 지나가다 보면
좋은 일이 있기 때문입니다
되는 일이 없고
미래가 버겁고
먹먹하고 캄캄해도
한바탕 울었다면
자 이제는 웃어 봐요
시간이 지나가다 보면
수많은 또 다른 일들과 좋은 인연들
그 만남 안에서 웃을 일도 생기기 때문입니다
서운한 일로 미워하는 마음이 생기고
상처 되어 멀어졌다면
어제는 나와 맞는 사람도
오늘은 맞지 않는 사람일 수 있음을 기억해요

그 사람도 그와의 마주함도
결국 매일 다르게 다가오는
여러 빛과 빛깔의 마주함의 신비요 믿음이어서

자신이 받아들일 수 있는 만큼만 가능하지 않은가요
그러나 내 안의 상처에 매몰되지는 말아요.
그런데도 언젠가는 괜찮은 사람이 되길 바라봐요

괜찮은 사람이 될 수 있다는 믿음이 생기고
기도를 할 수 있다면
봄의 새순이 대지를 뚫고 땅 위로 솟구쳐 돋아나듯
자신의 한계를 넘어서는 순간을 만나게 될 것입니다

맑고 환한 미소로 하루를 시작하고
공평하게 주어지는 모두의 24시간에 감사해요
어제보다 나은 오늘의 나의 하루
매일 매일의 반복되는 일상
내 하루를 잘 지내보려는 마음가짐에 집중해요
마음껏 내 마음을 바라봐요
오늘껏 살아내요
살아가며 겪는 신비로 살아요

하늘에 닿은 사랑

하늘을 우러러보는 나의 시간
하늘 사랑 가슴 깊이 내려앉아
꼭꼭 숨겨둔 마음속

하늘 바람 타고
춤추며 피어나는 홍매화(紅梅花)처럼
붉게 붉게 번져나가

심연(深淵)의 바다 같은 마음
깊이깊이 물들인다

꿈을 꾼다

현실 같은
꿈을 꾼다

눈을 감으면 꿈
눈을 뜨면 현실

현실과 꿈 사이에 놓여진
소망의 다리

간절하고도
혼란스럽다

기댈수록 기대하고
지날수록 허무해진다

그럼에도 불구하고
이루어지든 이루어지지 않든
살아있는 마음이 안내하니 괜찮다

소망의 꿈을 꾸는 우리
현실 같은 꿈을 꾸는 우리
다 괜찮다

한사람

그 누군가 한 사람의 삶에 무지개로 다가가
그 누군가 한 사람의 삶 속 하모니로 다가가

그대 그 누군가와 함께하는가
그대 그 누군가의 무엇이 되는가

그대 그 누군가의 무엇이 되려고 하는가
그대 그 누군가에 신비로운 새날에 무엇인가

Time is

시린 시간이 숨을 들이쉬면
온기(溫氣)가 스며든다

서러운 시간이 숨을 내쉬며 울고 웃는다
지금 여기서 울고 웃는다

온기(溫氣)에 기대어
시리고 서러운 시간이 오늘도 같이 간다
추억의 시간 속으로 내일도 같이 간다

온기(溫氣)

추운 날 차가운 공기에도
나의 마음이 따스해지는 건
시린 마음에 비치는
당신의 고운 빛 때문입니다

붉게 물든 노을빛은 예쁘기만 하니
나의 마음도 오로지 당신을 향하여
고운 빛으로 인사하고 당신과 내가
서로의 순간을 비추는 온기를 느낍니다

대우주(大宇宙)

놀 줄 아는 사람에게 인생이 놀이터라면
감사할 줄 아는 사람에게 인생은 천국일까

'삶'이라는 대우주에
꽃이 만개한 듯 기쁨으로 살다가도
어떤 누군가는 꽃이 없는 것처럼 살고

꽃이 없는 것처럼 고통스럽게 살다가도
어떤 누군가는 꽃이 만개한 듯 평온에 사나
어떤 누군가와 꽃밭에서 그렇게 살아서 사나

행복의 파랑새

날이 채 밝지 않은 서러움
고요하도록 적막하고 먹먹한 가슴에
희망으로 전해지는 행복의 선율
그곳 파랑새가 보이나요

파랑새를 내쫓지 마세요
파랑새를 쫓지 않는 것만으로도 괜찮아요

파랑새의 지저귐에 막막하도록 먹먹한
이내 가슴에 미쁜 새 소리가 들리나요

어둠에서 빛으로
두려움에서 사랑으로
새로운 나를 허락하라는 메아리가 들리나요

아!
보고 또 자세히 보아 행복의 파랑새
행복한 선율의 하모니

사랑하고 있다
사랑받고 있다
모든 상처를 회복시킬 영원한 사랑

새로운 변화의 오늘
당신 안에 사랑이 넘치는 감사한 날에

빛을 간직한 나를 허락하세요
빛을 비추는 날을 살아가세요

은빛 테두리

까만 구름에 비친 은빛 테두리
어두운 절망 뒤에
곁을 드러내는 찬란한 희망

그대의 나라에는 미래가 있고
그대의 나라에는 꿈꾸는 나라가 있으니

마음 깊은 곳에 찾아와
오늘을 이어주는 은빛 테두리

모든 구름에 은빛 테두리가 있으니
그대, 내 마음에 눈을 열어 볼 수 있으니
내일의 그대는 은빛 바라보며 살아 걸어가리

참 증인

오늘의 문제보다 큰 사람인가
자유함을 아는 사람인가
감사하는 사람인가
기도하는 사람인가
장애를 뛰어넘을 수 있는 사람인가
아름다울 때를 살아가는 사람인가

'오늘'의 아름다운 나를 살아내는 사람인가

마음 밭

내 마음 밭에 등불을 밝히고
땅속 깊은 곳 단단하게 얼어붙은
차가운 마음을 덮는 그대의 마음 밭을 본다

수많은 비바람 속에서 알게 된 진실 하나
찢어지고 꺾인 인생에 덮고 또 덮어주는
시들지 않는 나무

거목을 위해 있어야 하는 내 마음 밭은
오직 거목을 위해 그 마음을 지킨다

오늘날

굿모닝으로 시작하는 아침
방문을 열고 세상으로 나갑니다

그 밖에서 오만가지 생각을 만나
나는 바쁘기만 합니다

그렇게 오후를 지나 오늘껏 살다
방문을 열고 들어온 곳은 오늘 밤입니다

네 오늘도 잘 다녀왔습니다
'하루'라는 시간을 건너갑니다

소중한 한 날 오늘이
내일을 만나러 가는 징검다리 같습니다

아름다운 시절

맑은 눈으로 알아볼 계절
소명의 빛을 비추는
선물 같은 너의 인생

가장 아름다운 너의 시절

선물 같은 너의 인생
가장 아름다운 오늘 인연
소중하게 대접할 오늘 인연

하늘의 사랑으로 빛난다
별의 꽃이 피어난다

삶에 로망이 있는 위로

막연했던 설렘부터 그날까지
반복되는 일상을 향하여 한 발 내딛습니다.

하늘과 땅의 시간 기운 잊고 절망한 나에게
고통과 시련의 길에서 발견한 것
감사한 일 하나
예기치 못한 기쁨
예기치 못한 사랑
세상의 공허한 시끄러움에 빠져들 때마다
끝이 보이지 않는 깊은 우울의 우물에서
혼자라 생각하고 있는 나에게

이대로 버려지지 않을 거야
시리고 간절한 마음
신념을 넘어서는 믿음으로
살아가는 그대에게

소원의 끝자락에서
살아가는 이유가 아름다워진다면
용서하고 다시 사랑할 수 있나
오늘의 그대와 내가 한 발 내딛습니다

일기예보

달과 별이 보았고 꽃은 알았습니다
날씨는 무척이나 좋았습니다
오늘 날씨가 무척이나 좋습니다
내일도 날씨가 무척이나 좋으면 좋겠습니다

괜찮은 말이 있습니다

삶이 알려준 하나의 의미
악몽 같은 하루가 끝나길 바라던 그 순간
나의 모든 것을 바꾸는 마법의 말(灘)이 있습니다

미안합니다
사랑합니다
고맙습니다
축하합니다

매일 기다리겠습니다
그럼에도 불구하고 감사합니다
인생은 눈이 부시게 아름답습니다

어떤 그릇

무형의 무엇을 유형의 그릇에 담는다면
소실되는 것들이 있을 수 있다

소우주

지구별과 별
달과 해
숲길에 피어난 꽃
꽃길과 진흙 길
동물들이 사는 세상에
소풍 나와 이리로 저기로 다니며
내 집 찾고 또 찾아
좋은 곳 찾아다니다
걱정하고 인내하고 기도하고
용서하며 용기 내어 감사하는
희노애오락(喜怒愛悟樂) 시간 속 세상 보며
매일매일 새날을 사는 소우주
나를 잘 아는 내 친구 소우주

참 예쁘다 말해주는 친구
나를 가장 잘 아는 나, 소우주

마음이 흐르는 대로

살며
나의 길에 새겨지고

사랑하니
당신의 길에 새겨진다

나를 배우며
우리의 길이 만들어진다

살며, 사랑하며, 배운다
마음이 흐르는 대로(大路) 놓인다

미소 속에 비친 새

날개 찾아 삼만리
거울에 비친 모습에 뜨거운 눈물
날개를 잃어버린 게 아니었습니다

힘껏 다시 날아오른 새
두 날개가 고맙습니다
두 날개를 사랑합니다
두 날개로 날아다닙니다
바다 지평선 너머 볼 수 있습니다
날개 잃은 새들의 날개도 찾아줍니다
날개를 찾은 새들을 만나며 즐겁습니다
미소 속에 비친 마음새는 이곳에서 울며
내일을 오늘 삽니다

중인(中印)

오른쪽으로도 왼쪽으로도
치우치지 않는 가운데 사람인가

하루 그 가운데 서 있는 오늘 사람은
오늘의 무게를 사랑으로 견디어 낸다

어제의 무게를 감사함으로 건너온 사람
내일의 무게를 승리로 건너갈 사람인가

깊고 넓은 망 망대 바다에서
칠흑 같은 막막한 어둠을 살라 먹고
미명(未明)의 시간을 건너와

"살아가리!"
눈이 부시게 뜨는
찬란한 태양을 바라보며
복(馥) 나는 삶을 다지는 사람인가

참 빛 자(子)

눈 부신 햇살
보이는 그림자
더 빛나는 소금 모래
온 마음으로 빛을 머금고
약(藥)이 되려 모진 비, 바람을
견디고 더 견디어 참 빛을 전한다

삶이 주는 위로

나(奈) 어찌 나
나는 아무것도 아닙니다
나는 아무것도 아닙니다
나는 아무것도 아닙니다

사는 동안 할 수 있는 일
사는 동안 하기 싫은 일
사는 동안 해야만 하는 일

나(奈)를 지나 오늘 나를 만나는 일
내일의 나의 일을 바라보게 합니다

가시 엉겅퀴에 엮어져 묻고 또 묻는 일
"네 그렇습니다"

그런데 "나는요,
저는요!" 외치며 삽니다

덤으로 사는 나

나의 하루가 하늘이 준 선물이라면
하늘과 벗하며 살아간다면
하늘의 빛을 조금이나마 헤아려 살 수 있을까

나의 하루가 땅이 준 선물이라면
땅과 벗하며 살아간다면
땅의 음과 양의 빛을 조금이나 헤아려 살 수 있을까

나의 하루가 산과 들이 준 선물이라면
나의 하루가 바다가 준 선물이라면
나의 하루가 우주가 준 선물이라면

나의 하루와 너의 하루가 만난다면
그들과 벗하며 살아간다면
빛과 어둠 가운데 조금이나마 헤아리며 살 수 있을까

희망 발굴대

아직 발견하지 못한 네 속에
희망을 찾아 나선 힘찬 발걸음에
찬란한 빛의 인내가 오늘에

아직 발견하지 못한 내 속에
소박함 찾아 나선 그대 발걸음에
시원한 하늘 바람의 안내가 오늘에

하늘 바람 타고 사세요
괜찮아요, 쉼의 숨을 쉬세요
열매가 조금 늦게 열려도 전혀 문제없어요

살아있습니다

당신은 힘차게 내일을 찾는 씨앗
당신은 반드시 열매 맺는 희망의 씨앗
당신의 씨앗은 시나브로 자라나고 있나요

앞이 보이지 않는 깊은 어둠에 심어져
환하게 피어나는 꽃과 열매라면
보이는 것과 보이지 않는 것 사이에서
죽은 것 아니라 지금, 이 순간 다시 새롭게

당신의 씨앗이 싹이 트는 날
당신은 지금 이 순간 살아 있습니다

모래시계 나침판

때로는 가장 나쁜 길로
때로는 가장 좋은 길로

인생의 유한한 길에
모래시계 나침판이 있습니다

동서남북을 오가는
반복되는 일상을 다니게 하여
아름하게 완성 시켜줍니다

그대 지금 서 있는 길은 어느 길인가요

사랑의 힘

본래(本來)의 모습을 되찾도록 돕는 신비
본연(本然)의 내 모습을 알아가는 신비
사랑받고 사랑하는 또 하나의 신비
그 이름 하나로 채워지는 충분한 신비
아름다운 힘을 보여주는 신비

우리 별

미움은 우리 별에 있다고
잘못은 우리 별이 안다고

아픔은 우리 별에 있다고
믿음은 우리 별이 안다고

소망은 우리 별에 있다고
사랑은 우리 별이 안다고

우리는 우리 별이 있다고
우리를 우리 별이 안다고

인생 합(合)

오늘의 삶을 만족하지 못한 건
다만 다 써서 없어져서만은 아니었다

나의 신념을 깨닫지 못한 날
열정으로 살아도 불안한 이유를 몰랐기에
그대를 향해 내 진짜 감정 알지 못한 날
큰 화를 내고 울어도 시원하지 않았기에
벌써 알았지만, 변화 주는 것을 못 한 날
변화하고 싶지만 똑같은 삶을 반복했음에

솔직하지 못하여 대화하지 못한 날
사람과의 거리가 마음과 달라 답답했기에
울고 있는 나를 진심으로 직면하지 못한 날
아무리 봐도 내 문제가 해결되지 않았음에

나의 날은 여러 못한 날과 살 수 있는 날의 합
지난날을 딛고 나의 날을 살아가는 오늘의 합
우주별이 빛나는 날들의 수를 세어봅니다

깊은 신뢰

완벽한 대본이 없는 인생에서
실수하고 실패해도 괜찮습니다

서로 간의 더 깊어진 마음과 마음을
차분하게 다져진 계절들이 알고 있습니다

소복소복 하늘이 내리는 눈꽃 되어
빛나는 눈망울에 차곡차곡 쌓여있습니다

익숙한 자리

어제의 연약함이 나타나는 자리에서
익숙한 자리는 어디였나요
어쩔 수 없는 욕기(慾氣)에 의지했지만
오늘은 익숙한 자리에서 무수히 쏟아지는
햇볕의 따뜻한 빛과 그림자를 봅니다

시절 애(愛)

어제도 인사하는 사이에
오늘은 오고 가는 사이에
행복해야 해!
이제는 선(善)으로 행복해야 해!

어제와 같은 오늘
행복을 연습하지 않아도
어제보다 조금 다른 오늘입니다

스치듯 오고 가는 사이
오늘도 반갑게 '안녕'
지나가는 안녕, 숨 고른 시절 애(愛)

멋진 선물

인간의 삶은 보이지 않을 곳에서
보이는 곳으로 살아 존재하는
존귀함을 알게 하는 신의 멋진 선물입니다

무노

『눈물』

꽤 오래전부터 나는
나로 인해 모두가 즐거워하는 모습이 좋았고
그런 삶이 행복했다.

"나로 인해 모두가 즐거운 삶을 꿈꾼다.
그리고 그 안에서 행복한 나를 발견한다."
내가 꿈꾸는 세상이다!

무노無NO

시인의 말

눈물

주르륵……
눈물이 난다
담배 연기의 부류연이
눈을 찌르는구나
아… 따가워

주르륵……
눈물이 난다
나이가 드니
극장판 뽀로로를 봐도 울컥하는구나
아… 창피해

주르륵……
눈물이 난다
반대편차선 쌍라이트 차량에
앞이 하얗구나
아… 짜증 나

주르륵……
눈물이 난다
밤새 너튜브 보느라
눈이 맛이 갔구나

아… 피곤해

주르륵……
눈물이 난다
라디오에서 흘러나오는
옛 추억의 노래가 심쿵하구나
아… 그리워

괜찮아

눈물이 나와도 괜찮아
그냥 눈물이 나와도 괜찮아
눈물은 우리 삶의 일부이니깐

눈물이 나와도 괜찮아
그냥 눈물이 나와도 괜찮아
눈물은 나를 성장시키는 마중물이니깐

눈물이 나와도 괜찮아
그냥 눈물이 나와도 괜찮아
눈물은 나를 더 강하게 만들어 주니깐

눈물이 나와도 괜찮아
그냥 눈물이 나와도 괜찮아
눈물은 다시 시작할 수 있는 용기를 주니깐

눈물이 나와도 괜찮아
그냥 눈물이 나와도 괜찮아
아롱진 눈물에 네 모습이 더 빛나니깐

내 마음의 비

내 마음의 비가 내리네
눈물은 가슴속 깊이 간직한 추억을 깨우네
소중했던 날들이 떠오르네

내 마음의 비가 내리네
눈물은 가슴속 깊이 묻어둔 아픔을 깨우네
지나간 날들이 떠오르네

내 마음의 비가 내리네
눈물은 가슴속 깊이 숨겨진 미소를 깨우네
빛나던 날들이 떠오르네

나는 웃는다

눈물이 흘러도 나는 웃는다
아픈 기억은 뒤로하고
빛나는 내일을 위해

눈물이 흘러도 나는 웃는다
좋은 기억을 되새기며
더 나은 내일을 위해

눈물이 흘러도 나는 웃는다
웃음으로 가득한
행복한 미래를 위해

소중한 사랑

사랑 때문에 눈물이 흐른다
눈물이 흐를 때마다 시간이 멈춘다
혼자라는 생각에 눈물은 더 거세진다
멈춘 시간은 돌아오지 않는다

눈물이 멈추고서야 시간이 돌아온다
나의 사랑도 돌아온다
이제 다시 눈물은 흘리지 않는다
다시 돌아온 소중한 사랑을 위해

즐거움

눈물이 뚝뚝 떨어진다
눈물이 굳어 보석으로 바뀐다
슬픔이 커지면 보석이 생긴다

웃음이 뚝뚝 떨어진다
웃음이 굳어 주름으로 바뀐다
즐거움이 커지면 주름이 생긴다

나는 보석이 아닌 즐거움을 가지련다

별

눈물이 쏟아진다
우주로 날아간다
빛나는 은하수다
별들이 눈물이다
눈물이 쏟아진다

봄여름가을겨울

눈물로 이슬을 만들어봐요
봄에 활짝 핀 새싹에 취해봐요

눈물로 차가운 얼음을 만들어봐요
여름에 시원한 음료로 즐겨요

눈물로 가을비를 만들어봐요
가을에 울적한 마음을 달래줘요

눈물로 눈사람을 만들어봐요
겨울에 모두가 행복해요

눈물로 말해봐요

눈물로 말해봐요
당신을 사랑한다고

눈물로 말해봐요
용돈 좀 올려달라고

눈물로 말해봐요
내 생각이 짧았다고

눈물은 세상을 아름답게
물들여줄 것만 같았는데……
무튼 눈물에는 음성이 있어요

눈물이 모여

눈물이 모여
눈가를 적시고

눈물이 모여
얼굴을 적시고

눈물이 모여
가슴을 적시고

센티한 나를 보고
모두가 한마디 한다

너 어젯밤에 라면 먹었냐?

눈물에는

눈물에는 진실이 있다
눈물에는 감동이 있다
눈물에는 사랑이 있다
눈물에는 사람이 있다

눈물 흘리는 나는
진실이고 감동이고 사랑이다

미워요

당신을 보면 눈물이 납니다
당신을 좋아하는 마음에

당신을 보면 눈물이 납니다
당신을 걱정하는 마음에

당신을 보면 눈물이 납니다
당신을 사랑하는 마음에

당신은 나를 보면 무슨 생각을 하나요?
괜한 걸 물었네요
피도 눈물도 없는 당신이 미워요

눈물이 나는 날

그런 날이 있잖아요
그냥 눈물이 나는 그런 날

그런 날이 있잖아요
그냥 눈물만 나는 그런 날

그런 날이 있잖아요
그냥 눈물도 나는 그런 날

저를 부르는 당신의 목소리가 들리는군요
네- 금방 갑니다

그런 날이 있잖아요
그냥 눈물이 나는 그런 날

마누라

힘들다
퇴근을 그립니다

힘들다
출근을 그립니다

아침, 오후, 저녁

아침에 눈물이 납니다
하품하느라

오후에 눈물이 납니다
졸리느라

저녁에 신납니다
퇴근합니다

주르륵

주르륵 눈물이⋯
가을인가 봅니다

주르륵 콧물이⋯
비염인가 봅니다

선물

그대를 위한 내 선물
행복해하는 그대
나도 행복합니다

나를 위한 그대의 선물
분하다
이건 아니다 싶습니다
눈물이 핑 돕니다

짧은 생각

역사책을 봅니다
분노하고 감동하고
때로는 눈물까지 흘립니다

그녀를 봅니다
사랑하고 감사하고
때로는 눈물을 흘립니다

그녀가 저를 부릅니다
잔소리가 시작됩니다
잠시 제 생각이 짧았습니다

당신의 미소

당신의 미소가 반짝이는 날
세상 모두가 행복해 보입니다

당신과 손잡고 거니는 날
세상 모두를 가진 것 같습니다

당신이 미간을 찡그리는 날
세상 모두가 암흑과 같습니다

오늘도
당신의 미소에 행복한 매일을 꿈꿉니다
눈물 가득 모아-

눈물 한 방울

시작이 좋지 못했어
눈물 한 방울

그렇게 하지 말았어야 했어
눈물 한 방울

눈물은 언제나 나를 성장시켜

그녀의 잔소리가 시작됐어
눈물 큰 방울
눈물은 가끔 나를 크게 성장시켜

그녀가 왔다

우울하다
울적하다
눈물을 흘린다
속이 후련하다

그녀가 왔다

불안하다
두렵다
미소를 날려본다
속이 갑갑하다

실명(失明)

아침햇살에 눈이 부시다
하품에 흐르는 눈물에 더욱 반짝

그녀 모습에 눈이 부시…
내 눈!!!!!

무게

그녀의 눈물에
모든 게 무너집니다

그녀의 무게에
의자가 무너집니다

이번 주 이케아 갑니다

주식

이번엔 잘할 수 있겠지?
두려움과 기대에 눈물이…

이번엔 다르겠지?
걱정과 기대에 눈물이…

이번엔 확실하겠지?
공포와 기대에 눈물이…

두려움과 걱정과 공포가 한 번에 밀려온다
괜히 갈아탔어
눈물만 주르륵

당신

뜨겁게 당신을 사랑합니다
언제나 당신을 사랑합니다
지금도 당신을 사랑합니다

그녀가 왔습니다
표정이 안 좋습니다
왠지 불안합니다
순간
제 손에는
음식물 쓰레기봉투와 종량제 쓰레기봉투가
들려있습니다
이제 눈물도 안납니다

스포츠

스포츠에는 감동이
그녀에게는 감정이
오늘도 나는 눈물이

도작하지 않은 기억은 찬란하게 쌓였다

그녀에게

그녀에게 나는 좋은 사람이고 싶어
그녀에게 나는 멋진 사람이고 싶어
묻고 싶어요
당신에게 나는 무엇인가요?
…
…
…
…
제발
아무 대답이라도 해주세요
오늘도 허공에 메아리

아름다운 날

오늘은 눈물 나게 아름다운 날이에요
자전거를 타고 바람 쐬러 나왔어요

오늘은 눈물 나게 아름다운 날이에요
그녀가 아이들과 처가에 갔어요

오늘은 눈물 나게 아름다운 날이에요

귤

식탁 위에 놓인 귤 하나
너무나 탐스런 귤 하나

식탁 위에 놓인 귤 하나
나를 유혹하는 귤 하나

내가 간다
너와 더 가까워진다

너를 한 손에 웅큼-
이제 내꺼다

성큼성큼…
나를 향해 다가오는 그녀

그녀가 나지막이 속삭입니다
"한 개 남은 귤은 막내 거니 그냥 놔두세요"

나도 나지막이 대답합니다
"귤이 썩은 것 같아요"

그녀가 다시금 나지막이 속삭입니다
"그럼 그냥 드세요"

여행

체크인한다
신난다
웃음이 멈추지 않는다

체크아웃한다
번아웃된다
눈물이 멈추지 않는다

몬데이

알람 시계가 울린다
눈물이 멈추지 않는다
오늘은 월요일이다

칼퇴

10

9

8

7

6

5

4

3

2

1

0

내일 뵙겠습니다

　도작하지 않은 기억은 찬란하게 쌓였다

사계절

봄에는 개나리꽃에
노란색 눈물로 물들고

여름에는 장미꽃에
빨간색 눈물로 물들고

가을에는 코스모스꽃에
보라색 눈물로 물들고

겨울에는 난방요금에
그녀의 잔소리로 귀는 피로 물들고

용돈 인상

사랑합니다 당신을
그날이 올 때까지
눈물 나게 사랑합니다

행복

행복은 가까이에 있다고 합니다
내겐 당신이 행복입니다

행복은 습관이라고 합니다
나의 습관은 당신을 사랑하는겁니다

당신을 사랑하는 습관을 가진
나는 행복합니다
행복합니다
아니… 항복합니다

눈물 한 방울 2

너무 웃기면 눈물이 난다
너무 슬프면 눈물도 안 난다
오늘은 눈물이 나고 싶은 날이다

삼일천하

싫어!
됐어!
그만해!
큰소리 한번 쳐봤다
잘했어!
스스로 대견스럽다

밥이 없다
배고프다
힘이 없다
눈물 난다
각서 쓴다
충성을 맹세한다고

그리워

혼자만 남은 것 같다
주위엔 아무도 없다

혼자만 남은 것 같다
세상엔 아무도 없다

혼자만 남은 것 같다
외로움 가득한 순간

혼자만 남은 것 같다
너무도 조용한 새벽
......
드르렁… 쿨쿨
그녀가 옆에 있었다

나는 혼자가 아니었다
혼자가 그리운 새벽이다

눈물 없이

눈물 없이 볼 수 없다고 합니다
그런 영화가 있지요

눈물 없이 볼 수 없다고 합니다
그런 현실이 있지요

눈물 없이 볼 수 없는
영화 같은 현실…

제가 바로
그 주연배우입니다

도착하지 않은 기억은 찬란하게 쌓였다

초판 1쇄 인쇄	2023년 11월 13일
초판 1쇄 발행	2023년 11월 28일

지은이	강병욱 김은진 정유리 소우주 무노

펴낸이	이장우
편집	송세아 안소라
디자인	theambitious factory
마케팅	시절인연
제작	김소은
관리	김한다 한주연
인쇄	금비PNP

펴낸곳	도서출판 꿈공장플러스
출판등록	제 406-2017-000160호
주소	서울시 성북구 보국문로 16가길 43-20 꿈공장 1층

이메일	ceo@dreambooks.kr
홈페이지	www.dreambooks.kr
인스타그램	@dreambooks.ceo

전화번호	02-6012-2734
팩스	031-624-4527

이 도서의 판권은 저자와 꿈공장플러스에 있습니다.

꿈공장플러스 출판사는 모든 작가님의 꿈을 응원합니다.
꿈공장플러스 출판사는 꿈을 포기하지 않는 당신 곁에 늘 함께하겠습니다.

이 책은 저작권법에 의해 보호받는 저작물이므로 무단전재와 무단복제를 금합니다.

ISBN	979-11-92134-54-3
정가	13,800원